・マヤコフスキー

小笠原豊樹 訳
平田俊子 序文

土曜社

Лилик

Пишу тебе сейчас потому что при Коле я не мог тебе ответить. Я должен тебе написать это сейчас же, чтоб моя радость не помешала бы мне дальше вообще что либо понимать

Твое письмо дает мне надежды на которые я ни в каком случае не смею рассчитывать, и рассчитывать не хочу, так как всякий расчет построенный на старом твоем отношении ко мне — не верен. Новое же отношение ко мне может создаться только после того как ты теперешнего меня узнаешь.

Мои письмишки к тебе тоже не должны и не могут браться тобой в расчет — т. к. я должен и могу иметь какие бы то ни было решения о нашей жизни (если такая будет) только к 28-му. Это абсолютно верно — т. к. если б я имел право и возможность решать что нибудь окончательно о жизни сию минуту, если б я мог в твоих глазах ручаться за правильность — ты спросила бы меня сегодня и сегодня же дала б ответ. И уже через минуту я был бы счастливым человеком.

Если у меня уничтожится эта мысль я потеряю всякую силу и всю веру в необходимость перенести весь мой ужас.

Я с мальчишеским, лирическим бешенством ухватился за твое письмо.

Но ты должна знать что ты познакомишься 28 с совершенно новым для тебя человеком. Все что будет между тобою и им начнет слагаться не из прошедших теорий а из поступков с 28 февраля, из „дел" твоих

マヤコフスキー
小笠原豊樹　新訳
平田俊子　序文

悲劇ヴラジーミル・マヤコフスキー

土曜社刊

В. Маяковского

Владимир Маяковский: Трагедия

水を越えて、時を越えて

平田俊子

小笠原豊樹さんには何度も泣かされた。たとえばブラッドベリの「霧笛」（早川書房『太陽の黄金《きん》の林檎』所収）の翻訳で。

「この水を越えて、彼らの船に警告する声が必要だ。わたしはそういう声を作ろう。あらゆる時間と、あらゆる霧を、一つにこりかためたような声をつくろう。夜もすがら、きみのかたわらにある空っぽのベッド、きみがドアをあけても誰もいない家、葉の落ちた秋の樹木、そういう声を作ろう。」

このくだり、読むたびに切なくなる。悲しいことはまだ起きていない。美しい日本語が並んでいるだけなのに、なぜかこころが揺さぶられる。音読しようものなら涙でのどが塞がれる。ブラッドベリにではなく小笠原さんの日本語に全身が反応するのだ。

数年前、犬吠埼灯台の霧笛のCDを見つけたときすぐに買い求めたのは、ブラッドベリのこの短篇がずっと頭にあったからだ。「犬吠」埼灯台なのに、霧笛の音は牛が啼くようだった。ブラッドベリの「霧笛」のイメージとは少し違う気がした。世界中の霧笛を聞いてまわれば、「霧笛」にぴったりの霧笛に会えるだろうか。日本の灯台は今やすべて無人となり、霧笛も廃止された。霧笛の音を聞きつけて遠い海の底からやってくる怪物も、わたしたちは失った。

「三本のマッチ　一本ずつ擦《す》る　夜のなかで

はじめのはきみの顔を隈《くま》なく見るため
つぎのはきみの目をみるため
最後のはきみのくちびるを見るため
残りのくらやみは今のすべてを想い出すため
きみを抱きしめながら。」

小笠原さんが訳したプレヴェールの「夜のパリ」（マガジンハウス『プレヴェール詩集』所収）。初めてこの詩を読んだとき、うっとりとした。フランスの恋人たちはこういう甘ったるいことをするのか。くすぐったいし、気恥ずかしい。何だか芝居がかってもいる。わたしもパリに生まれていたらこんなことをしただろうか。さまざまなことを思いながら言葉に酔った。マッチを三本も使わなくても、一本で全部見たらそれで十分じゃないのと今のわたしは思うけど。

小笠原さんの守備範囲は広い。英語やフランス語だけでなく、チェーホフ、ナボコフ、ソルジェニツィンなどロシア語の作品も多く翻訳している。もしかすると外国語のなかではロシア語が一番お好きなのかもしれない。生まれは北海道だし、大学はロシア語学科だし、小笠原さんにとってロシアやロシア語はもう一つの故郷だったりするのだろうか。

これまで何人もの人がチェーホフを訳してきたけれど、わたしは小笠原さんの翻訳が一番好きだ。最初から日本語で書かれたみたいに気持ちよく読める。翻訳であることを忘れるぐらい日本語が滑らかなのだ。小笠原さんが詩人だからそういうことが可能なのだろう。

小笠原豊樹さんは、詩人の岩田宏さんでもある。岩田さんの詩にもわたしは泣かされた。たとえば「動物の受難」。戦時中、毒殺あるいは餓死させられた動物園の猛獣たちのことを書いた詩だ。もちろん人間に捕まえられ、檻に入れられたときから動物たちの受難は始まっているのだが。

「さよなら　よごれた水と藁束
たべて　甘えて　とじこめられて
それがわたしのくらしだった」

何度か繰り返され、そのたびに少しずつ短くなっていくこの三行。整然とした口調のなかに、岩田さんの怒りや悲しみが激しく波打っている。「動物の受難」は岩田さんの詩の代表作の一つだと思う。

岩田さんは本の編集にもかかわってきた。岩波文庫の『小熊秀雄詩集』は岩田さんが編集したものだ。林芙美子の何番目かの恋人だった野村吉哉の詩や散文を探し出し、『魂の配達』（草思社）という本にまとめたのも岩田さんの功績だ。小熊秀雄はともかく野村吉哉はほとんど無名だが、これと思った人物のために力を尽くす岩田さんの気概にわたしはほれぼれとする。

さあ、いよいよマヤコフスキーの登場だ。岩田さんは『同志たち、ごはんですよ』（草思社）などのエッセー集で、このロシアの詩人のことを繰り返し書いてきた。マヤコフスキーの作品に出会ったのは学生時代というから、六十年を越える付き合いだ。

昨年（二〇一三年）、岩田さんは小笠原豊樹の名前で『マヤコフスキー事件』（河出書房新社）を上梓された。マヤコフスキーへの愛の総決算のような読み応えのある一冊だ。これにてマヤコフスキーとの関係は終了かと思いきや、新訳を密かに進めておられたらしい。何という愛。何という執念。このロシアの詩人のどこに小笠原さんはかくも惹き付けられるのか。小笠原さんを虜にするほどマヤコフスキーは魅力的なのか。新訳を読めばわかるかもしれない。

長い間入手困難だったマヤコフスキーの詩や戯曲。小笠原さんの新訳で、三十六歳で亡くなったこの詩人の作品にもう一度触れることができるのは嬉しいことだ。霧笛のように新訳を聞きつけ、遠い海の底からマヤコフスキーが現れることを期待しながら読むことにしよう。

悲劇ヴラジーミル・マヤコフスキー

登場人物

ヴラジーミル・マヤコフスキー（詩人、二十～二十五歳）
その女友達（身長四～六メートル、台詞なし）
乾いた黒猫の群を連れている老人（齢、数千歳）
片目片足の男
片耳のない男
頭のない男
恐ろしく顔の長い男
二つのキスを持ち合せた男
ごく平凡な青年
小涙の女
中涙の女

大涙の女

新聞売子たち、少年たち、少女たち、その他。

プロローグ

V・マヤコフスキー

きみたちにわかるかな、
なぜぼくが
嘲りの嵐のなか、
平然と、
自分の魂を大皿に載せて
モダンな食事の席へ運ぶのか。
広場のほっぺたの無精髭を伝い
無用の涙となって流れる、
このぼくは、

恐らく
最後の詩人なのだろう。
きみたちは気づいたかな、
石畳の並木道で
絞め殺された倦怠の縞柄の顔が
揺れ動き、
激流の
汗まみれの頸のあたりでは、
橋たちが鉄の腕をねじ上げた。
空は泣いている、
とめどなく、
高らかに。
ちっぽけな雲は顔をしかめる、
口許に皺を寄せて。

まるで出産を待っていた女に、
神が独眼の白痴を投げ与えたかのよう。
赤毛の生えたむくんだ指で、
太陽はきみたちを虻《あぶ》のようにしつっこく愛撫し、
きみたちの魂にキスして奴隷を生み出す。
恐れを知らぬこのぼくは、
昼の光への憎しみを瞼の中に運んだ。
魂は電線の神経のように張り詰め、
ぼくは今や、
ランプの王だ！
頸を絞める真昼の紐が苦しくて
思わず沈黙を破り、
泣きわめいた者は、
みんなおいで、ぼくのところへ。

きみたちには
モーと啼く牛のような
単純な言葉でもって、
アーク灯のように
唸りつづける
ぼくらの新しい魂を開いて見せよう。
きみたちの頭に指で軽く触れるだけで、
たちまち、
巨きなキスのための
唇が、
すべての人のための
母国語が現れるだろう。
だが、ぼくはちっぽけな魂でびっこを引き引き、
天井に星々の穴があいている

使い古された玉座へと引き下がろう。
そして怠惰の衣服を身にまとい、
ほんものの堆肥のやわらかな寝床に
晴れ晴れと
横たわれば、
そっと
枕木の膝にキスしながら、
機関車の車輪がぼくの首を抱きしめるだろう。

第一幕

賑やかだ。舞台は、街路が蜘蛛の巣のように張りめぐらされた大都会。乞食たちの祭日。初め、Ｖ・マヤコフスキー一人登場。通行人が食べ物を持って来る。ブリキの看板に描かれたニシン、金色の巨大な食パン、黄色いキハダの実など。

Ｖ・マヤコフスキー

やあ、みなさん！
ぼくの魂を縫合してくれませんか、
でないと、からっぽの中身が漏れちゃうんです。
唾を吐くのが失礼にあたるかどうかは知らないけど、
ぼくはからからに乾いてます、石女《うまずめ》みたいに。
中身をすっかり搾り取られてね。

ねえ、みなさん、
なんなら、今、ここで、
有名詩人のダンスをお目にかけましょうか。

乾いた黒猫の群を連れている老人、登場。髭だらけの老人は、連れているたくさんの黒猫をしきりにこする。

V・マヤコフスキー

家の殻のなかでぶよぶよに脂ぎってる奴を探して、
その腹のタンバリンを陽気に叩くんです！
つんぼで愚かな奴らの足をひっつかみ、
そいつらの耳に息を吹きこもう、
フルートを吹くみたいにね。
悪意に満ちたビヤ樽連中の底をぶち破って下さい、

ぼくは燃える物思いの石を食うんだから。
今日しきりに乾杯を叫ぶきみたちのなかで、
ぼくは自分の狂気を冠に戴くんだ。

舞台は次第に人で一杯になる。片耳のない男、頭のない男、その他。ぼんやりしている。だんだん秩序が乱れて、みんな、物を食べ始める。

V・マヤコフスキー
ぼくは詩の行をカットする裸足《はだし》のダイヤカッター、
ふだんは他人の住居で羽根布団をはね上げ、
今日はかくも豊かでさまざまな乞食どもの
世界的祭日を煽っているのさ。

乾いた黒猫の群を連れている老人

ちょっと待った。
知恵者に慰めの玩具は要らんだろう。
わしは齢《よわい》数千年の年寄りだ。
だから、きみの内側に笑いの十字架があり、
そこに苦悶の叫びが磔《はりつけ》になっているのがよく見える。
都会には巨大な一つの悲しみと、
何百ものちっちゃな悲しみがたれこめていた。
だが、がやがやと議論がつづくなかで、
蠟燭とランプは夜明けのささやきを圧倒した。
やわらかな月の光なぞわしらには通用しない、
街灯の光のほうが遥かに派手で痛烈じゃないか。
都会という場所では魂を持たぬ物質が
主人と呼ばれ、わしらを消しにやってくる。
泣き叫ぶ人々の群を、空からは

理性を失った神が見つめている。
その手は襤褸《ぼろ》を着たように毛だらけで、
長旅の埃にまみれている。
そいつは神なのに
過酷な制裁を声高に叫ぶ。
きみらの心にはくたびれたちっぽけな溜息ひとつ。
神なんか捨てるがいい！
さあ、こするんだ、みんなで
乾いた黒猫をこすれや、こすれ！
でっかい腹を自慢そうに抱え、
ふっくらした頬っぺたを膨らますのもよかろう。
ただ、このカラスの濡羽色の毛並みの
猫どものまなこから発する電気の火花を
捕らえることだけは忘れぬように。

捕らえた火花はことごとく
（なにしろたくさんの火花だから！）
電線に、
緊張した筋肉のなかに注ぎこもう。
電車は俄然、走り出し、
ランプの芯を包む炎は闇のなかで
勝利の軍旗のように、はためくだろう。
世界は喜びのメーキャップで蠢《うごめ》き始め、
花々はどの小窓でも孔雀のように羽を拡げて、
レール沿いに人間どもを引きずって行き、
そのあとにつづくのは、
猫、猫、黒猫ばっかり！
わしらは恋する者の服に太陽をピンどめし、
銀色に輝くブローチを星から作ろう。

家なんか捨てちまえ!
さあ、こするんだ——
乾いた黒猫を、こすれや、こすれ!

片耳のない男

その通りだ!
町を見下ろす所では、
竿の先で風見鶏が回り、
そのあたりで一人の女、
まっくらな洞窟の瞼を持つ女が
身悶えし、
歩道めがけて痰を吐く。
その痰が育って何人もの片輪の巨人になる。
町を見下ろす所ではだれかが罪の報いを受け、

みんなやって来て、
群をなして逃亡した。
そして、あそこ、
壁紙のなか、
ワインの影法師の間では、
皺くちゃの老人がピアノの前で泣いている。
（みんなは片耳のない男を取り巻く。）
町に広まる苦悩の伝説によれば、
譜面をひっつかんで曲を弾き始めると、
指が血まみれになるという！
それでもピアニストは、
怒り狂う鍵盤の真っ白な歯から手を引き抜けない。
（みんなは興奮する。）
そして、

今日は
朝から、
心の中で
マチッシュ踊りがしきりに私にキスし、
私は身を震わせ、
両の手をひろげて歩きまわった。
屋根の到る所で煙突が踊り、
どの煙突も、両膝を数字の44のかたちにした。
みなさん！
やめてください！
こんなことをしていて、いいのですか！
横町さえ腕まくりして喧嘩腰。
だが、私の憂鬱は大きくなる一方で、
不可解かつ不安だ。

В Бурлюк

泣いてる犬の鼻面を流れる涙のように。
（みんな、いっそう不安になる。）

黒猫の群を連れている老人

ほら見なさい！
物質はすべからく切り捨てるのがよろしい！
物質の愛撫をわしが敵と見たのも故なきことではない！

恐ろしく顔の長い男

でも、もしかしたら物質は愛すべきじゃないのかな。
物質には、もしかしたら、全然別の魂があるのかも。

片耳のない男

物質の多くはあべこべに縫い合されている。

心は怒りを知らず、
憎しみに無関心だ。

恐ろしく顔の長い男

（嬉しそうに相槌を打つ）

人間の口が切り取られている所に、
たいていの物質は耳を縫い付けてある！

V・マヤコフスキー

（片手を挙げて、舞台中央に出てくる）

およしなさい、憎しみで心のすみずみを汚すのは！
きみたちは
ぼくの子供だから、
毅然と、厳格に教えてあげよう。

きみたちは例外なく、
神の帽子にくっついている
ちっぽけな鈴にすぎない。
ぼくは
探求一筋に腫れてしまった足で、
きみたちの陸地を、
その他の国々をくまなく歩いた。
仮面舞踏会の衣装で
暗闇の仮面をかぶってね。
ぼくが探したのは、
例の
見たこともない不思議な魂というやつだ。
何かの傷そっくりの唇に貼って、
その傷を癒してしまう花だ。

（立ち止まる）

そして再び
血のまじった汗をかく奴隷のように、
ぼくは狂った身体をゆすぶる。
それでも、
一度だけ見つけたんだ、
その魂を。
魂のやつ、
青い部屋着をお召しになって、
ぼくの前に現れて曰く、
「お掛けになって！
ずっとお待ちしてました。
お茶ひとつ、いかが？」

（立ち止まる）

ぼくは詩人だから、
自分の顔と他人の顔の
違いを消しちまった。
死体置場の膿《うみ》のなかで妹たちを探し、
跡が残るほど強く病人たちにキスをした。
そして今日は、
海よりも深い涙を隠して、
妹たちの羞恥を、
白髪の母親たちの皺を、
黄色い焚き火の上で炙る！
こぎれいな広間の皿に載せた肉よ、
ぼくらはお前を永遠に食いつづける！

大きな布を勢いよく引っぱがす。巨大な女が現れる。女はおどおどしている。ごく平凡な青年が駆け込んでくる。せかせかと動きまわる。

V・マヤコフスキー

（小さな声で、傍白）

みなさん！

噂によれば、

どこやらに、

たぶん、ブラジルだったか、

一人だけ幸せな人間がいるそうです！

ごく平凡な青年

（一人一人に駆け寄って、手を取る）

みなさん！

やめてください！

みなさん！
あなたも、
あなたも、
早く言ってください、
みなさんは、ほんとに、
母親を焼き殺す気ですか。
みなさん！
人間の頭脳は鋭敏ですが、
世界の神秘を前にしては弱いものです。
だのに、知識と書物の宝を、みなさんは
本気で焼き払うのですか！
ぼくはカツレツを切る道具を発明しました。
だから決して阿呆ではない！
ぼくの友人の一人は、

もう二十五年も、
蚤をつかまえる罠を発明しようと、
夢中になっています。
ぼくには妻がいて、
もうじき息子か娘が生まれるというのに、
あなた方は汚らわしいことばかり喋り散らして！
インテリのみなさん！　全くもって
腹立たしい話じゃありませんか。

片耳のない男
お若いの、演説なら
箱にでも乗っかってやってくれ！

群衆の一人

樽のほうがまだましだぜ!

片耳のない男

でないと、きみの姿が全然見えないからさ!

ごく平凡な青年

なにが可笑しいんですか。
ぼくには弟がいます、
まだちっちゃな弟ですが、
あなた方は今にその弟の骨までしゃぶりかねない。
食うことしかあたまにない人たちなんだから!

騒がしくなる。自動車の警笛。「見ろ、ズボン! ズボン!」という舞台裏の叫び。

V・マヤコフスキー

やめてください！

人々は四方からごく平凡な青年を取り囲む。

ぼくのように飢えていたら、
きっと、
東の最果てと西の最果てに、
きみたちは齧《かじ》りついただろうな。
工場が煤だらけの面《つら》で、
天空の骨を齧るように！

ごく平凡な青年

なんですって、じゃあ
愛なんか問題じゃない？
ぼくには妹のソーネチカがいます！

（跪いて）

ぼくはみなさんを愛しています！
血を流さないでください！
心から愛しています！
火あぶりの刑はよくない！

騒ぎは拡がる。何発かの銃声。下水管が一つの音をゆっくりと引き延ばして奏で始める。屋根の鉄板は低い唸りを上げ始める。

恐ろしく顔の長い男

もしも私のように人を愛したら、
あんた方はその恋人を殺すか、もしくは、
仕置き場を見つけ出して、
汗だらけのざらざらの空や、

乳白色のあどけない星たちを、
平然と犯すだろうな。

片耳のない男

きみらの女どもは愛することなんかできない、
キスしすぎて唇がスポンジみたいに腫れてる。

広場の緊迫した腹のあたりで、数千人の足踏みの音がきこえる。

恐ろしく顔の長い男

でも、私の魂を生地にして、
洒落たスカートくらい
縫うのは不可能じゃない！

興奮は収まらない。みんな、巨大な女を取り囲む。女を肩に担いで運ぶ。

一同

行こう、
予言者がその神聖さのゆえに
磔《はりつけ》られたその場所で、
肉体を裸踊りに捧げよう。
罪と悪徳の黒御影石で
麗しい肉体の記念碑を建てよう。

女を戸口まで運ぶ。そこから急ぎ足で戻ってくる。**片目片足の男**は嬉しそうだ。狂気はもう限界に達した。女は戸口の外に放り出された。

片目片足の男

ストップ！
まちまちな人間が
まるで何かの重荷のように、
みんな同じ顔をしている、
そんな町の通りで、
たった今、時間が老婆を産み落としたのだ、
口のひんまがった
巨大な反乱を！
笑っちゃうね！
這い出てきた長の歳月の鼻面の前で、
大地の古老たちは言葉を失い、
憎しみは、
町のおでこを流れる河を、
千里もつづく静脈を脹らませた。

恐怖にかられて、
のろのろと、
毛髪の矢は
禿げた時代の頭頂部に立ち上がった。
すると突然、
すべての物は
駆け出した、
耳をつんざくような声で
使い古しの名前の襤褸《ぼろ》を投げ捨てろと叫びながら。
酒場のウィンドウでは、
悪魔に操られて
でっかい水筒の底がざぶざぶと音を立てた。
洋服屋では、
ズボンがズボンだけで、

人間の太腿なしで！――
駆け出し、逃げ出したので、
仕立屋はびっくり仰天！
箪笥は酒に酔い、
黒い口をばあんぐり開けて、
寝室から転げ出た。
コルセット連中は墜落を恐れて、
「ドレスと流行」の看板から下りた。
オーバーシューズはおしなべて厳格かつ横柄。
ストッキングは二号そっくりで、
みだらに目を細める。
私は空中を飛んだ、小言のように。
もう一方の足は、
まだ隣町を走っていた。

ああ、そうだった、
お前らだったな、
俺を片輪扱いしていたのは。
脂ぎって、
ぶよぶよした爺《じじい》は
俺の敵だ！
今日、
全世界を探して歩いたって、
おんなじ
足が
二本揃った人間は
一人もいないんだぜ！

――幕――

第二幕

わびしい雰囲気。新しい都会の中の一つの広場。V・マヤコフスキーは古代ローマのトーガに着替えている。月桂冠。戸口の蔭にたくさんの足が見える。

片目片足の男

（世話好きな口調で）

詩人さん！
詩人さんよ！
あんたは爵位を貰ったよ。今や公爵だ。
おとなしい連中は
戸口の蔭に集まって、
指をしゃぶってる。

一人一人の前の地べたには、
何やら滑稽な容れ物が置いてある。

V・マヤコフスキー
よかろう、
お通ししなさい！

おずおずと登場するのは、いろんな包みを持った女たちだ。なんべんもお辞儀をする。

第一の女
これはわたしの小涙、
どうぞお取り下さい！
わたくしには不要のものでございます。
どうぞ。

この
まっしろな糸は、
悲しみを伝える目を
糸にして縫った極上品でございます！

V・マヤコフスキー
（不安そうに）
涙なんか要らないが、
どうしてそれをぼくに？
（次の女に）
あなたの目も腫れちゃったのか。

第二の女
（のんびりと）

いいえ、つまらないことです!
息子が死にかかってます。
べつにつらくはないわ。
ほら、これが普通サイズの中涙。
スリッパにでもくっつければ、
きれいな留め金になるでしょ。

V・マヤコフスキー
(ぎょっとする)

第三の女
見ないでね、
あたしって
汚《きたな》らしいでしょ。

洗えば、
もっときれいになるんだけど。
さあ、これがあなたに差し上げるあたしの涙、
なんの役にも立たない、
大きいだけの大涙。

V・マヤコフスキー
もうたくさんだ！
涙はもう山ほどある。
しかも時間がない。
その魅力的な栗色の髪のひとは何者ですか。

新聞売子たち
フィガロ！

フィガロ！
ス・マタン！

みんな、二つのキスを持ち合せた男をじろじろ見る。先を争って喋り出そうとする。

見ろよ、あの野性的な男！
ちょっと退《ど》いてくれ。
暗くて見えない。
放してくれ！
お若いの、
しゃっくりをとめろ！

頭のない男

い・い・い・い……

え・え・え・え……

二つのキスを持ち合せた男

空に降伏する雨雲は
跪くもまた汚らわしい。
昼は滅びた。
大気の娘たちも黄金には目がなく、
どれもこれも金の亡者だ。

V・マヤコフスキー

なんだと？

二つのキスを持ち合せた男

金、金さえあればな！

声々

静かに！

静かに！

二つのキスを持ち合せた男

（穴のあいたボールを持って踊る。）

泥に汚れた大男に

二つのキスが贈られた。

男は不器用で、

二つのキスをどうすればいいのか、

どこに隠せばいいのか、

全然わからなかった。

都会は

祭の最中で、
大寺院ではハレルヤが歌われ、
みんなめかしこんで出掛けて行った。
ところが男は寒さに震え、
靴底は楕円形に裂けていた。
そこで大きいほうの
キスを選び、
オーバーシューズのように履いてみた。
それでも寒さは相変わらず残酷で
男の指に嚙みついた。
男は腹を立てて言った。
「えい畜生、
こんな役にも立たぬキスは捨てるぞ！」
そして捨てた。

と、突然、
キスに耳が生えたと思うと、
キスはくるくる回り出し、
細い声で叫んだ。
「かあさん！」
男はぶったまげて
震えているキスの身体を自分の襤褸《ぼろ》で包み、
家に持ち帰って、淡い青色の額縁に入れてやろうと思う。
埃だらけのスーツケースを永いこと探って、
（額縁を探していたんだ）、
ふと振り向くと、
キスのやつ、ソファに寝そべっている。
でっかい
脂ぎった身体に

成長して
笑ったり、
はしゃいだり！
男は泣き出した。
「ああ、かみさま！
こんなに疲れるなんて、思ってもみなかった！
かくなる上は首をくくらなきゃ！」
そしてこの忌まわしくもまた
哀れきわまりない男が、
ロープにぶらさがっているあいだに、
女の閨房では、
そこは煙も煙突もない工場だから、
何百万ものキスが、
大きなのや

小さなのや、
ありとあらゆるキスが、
ぴしゃぴしゃと音を立てる唇の梃子《てこ》を用いて製造された。

駆け込んできたキスの子供たち

（快活に）

ぼくたち、大量生産されました。
消費してください！
今のところ、ぼくたちは八個ですが、
ほかのやつらも、じき来ます。
ぼくは
ミーチャです。
どうぞよろしく！

子供たちはそれぞれの涙を前に置く。

V・マヤコフスキー

みなさん！
聴いてください、
ぼくにはできない！
きみたちはなんでもないのかもしれないが、
ぼくのこの痛みはどうしたらいい？

威嚇する声々

お前の話は聴き飽きた！
お前なんか兎みたいに
煮込みにして食っちまうぞ！

毛を毟られた猫を一匹だけ連れている老人

きみだけだよ、歌を上手に歌えるのは。

（堆《うずたか》い涙の山を指さして）

きみのすてきな神さまの所へ持って行けばいい。

V・マヤコフスキー

すわらせてくれ！

すわらせてもらえない。ぎこちなく足踏みしながら、マヤコフスキーは涙をスーツケースに詰める。スーツケースを提げて立ち上がる。

V・マヤコフスキー

これでよし！

道をあけてください！

かつて、ぼくは思っていた、
どんなにか喜ばしいことだろう、
瞳を輝かし、
ギリシャふうの甘やかされた肉体を
玉座に落ちつける時が来たら。
いいや！
愛する旅路よ、
ぼくは絶対
忘れないよ、
きみらの痩せ細った足を、
北国の河の白髪を！
今日にも
ぼくは家々の槍の穂先に
魂を

ひときれずつ残して
この町から出て行こう。
月もぼくと一緒に行くだろう、
あそこ、天空が
引き裂かれている所まで。
ぼくの薬罐は一秒の狂いもなく、
そこにたどり着くだろう。
ぼくは
自分の重荷を背負って
更に行くだろう、
よたよたと、
北をめざして、
歩く
だろう。

北の国では、
果てしない憂愁に締めつけられ、
狂信者の大海原が、
その波の指で
永遠に
胸を引き裂いている。
ぼくはへとへとになって、
やっとのことでたどり着くだろう。
そして最後の譫言《うわごと》のように、
きみたちの涙を投げつけるだろう。
けだものの信仰の発祥の地に立ちはだかる
暗愚の雷神めがけて。

——幕——

エピローグ

V・マヤコフスキー

ぼくが書いたこの芝居は、何から何まで
あわれな鼠たち、
きみたちのことなんだ。
でも残念ながら、ぼくには乳房がない。
あれば、やさしい乳母となって、おっぱいを飲ましたのに。
見ろよ、ぼくの窶《やつ》れちゃったこと。
あほくさ。
それにしても、今までに、
だれかが、
どこかで、

人間の考えを、こんなふうに、
人間にあるまじき自由な空間で遊ばせた例《ためし》があったか！
つまり、
とんちんかんなことを喋り散らすうちに、
ぼくは証明しちゃったんだ。
やつはぬすっとだ、とね！
ときどき思うんだけれど、
ぼくはオランダのおんどり、
でなきゃ、
プスコフの王様でもいい。
だけど、ときどきは
何にもまして気に入っているのが、
ほかならぬぼくの名前、
ヴラジーミル・マヤコフスキーさ。

訳者のメモ

訳者のメモ

『悲劇ヴラジーミル・マヤコフスキー』は、『ズボンをはいた雲』よりも前に書かれ、出版も『ズボン』より早かったが、実はそれよりも早く世に出たマヤコフスキーの詩集があった。『ぼく！』と題する、全十五ページの、リトグラフ（石版印刷）による薄っぺらな個人詩集だ。けれども、この処女詩集に収められている四篇の短い詩は、

1 （無題）
2 ぼくの妻について一言
3 ぼくのママについて一言
4 ぼく自身について一言

それぞれが最初期の、画家の卵が書いた小品にふさわしい色彩とイメージの氾濫から一歩抜け出て、『ズボンをはいた雲』の読者を領かせ、まだ『ズボン』を読まぬ読者を戦慄させるような、明確な主張や啖呵や描写を提示していた。例えば、1の手初めの詩句はこうだ。「ぼくの踏み荒らされた精神の／舗装道路に／狂人たちの足音が／こわばったことばの踵をあざなう」。つまり、この小さな詩の舞台はぼく＝マヤコフスキーの精神の内部なのだが、その街路を詩人は「ひとり泣きに行く」。何を泣くのかと言えば、十字路で警官たちが磔刑にされたことをなのだ。あるいは、4の「ぼく自身について一言」はこんなふうに始まる。「ぼくは子供の死にざまを見るのが大好きだ」。この詩の結びは……「おれは孤独だ、全盲の集団に歩み寄る男の／一つだけ残った目玉のように！」

二〇〇七年のロシアのジャーナリズムで、マヤコフスキー関係の書評をめぐって、ちいさな論争が起こった。ある夫婦が、中学三年の末娘の書いた作文のために、夫婦揃って学校に呼び出され、こってり絞られたという、ソビエト時代のエピソードがその書評の中で語られる。いったい女子中学生はどんな作文を書いたのか。学校が出した作文のテーマは「なぜ私はマヤコフスキーを愛するか」だった。この夫婦の末娘は「なぜ私はマヤコフスキーを愛さないのか」という題の作文を提出し、マヤコフスキーを愛さない理由として、右の処女詩集の4の冒頭の詩句、「ぼくは子供の死にざまを見るのが大好きだ」が引かれたのだ。

普通、生徒の不始末を咎める場合、学校側は両親のどちらかを呼ぶのが習わしだった。ところが、この夫婦は揃って来るようにと言われ、その譴責の場には町の共産党の役員が立ち会った。こんな「非常事態」ふうの扱いを受けて、夫婦は驚き呆れるが、内心ひそかにわが娘を尊敬したのだという。

この一行──「ぼくは子供の死にざまを見るのが大好きだ」は、マヤコフスキーは梅毒もちだという風評に負けず劣らず、最後まで詩人に祟った。性病に罹ったのを悲観して自殺したという、きわめて悪質なデマは、遺体を解剖して調べれば完全に否定することができる。その解剖は実際に行われ、詩人の名誉は保たれたが、一方、作品の一行として書かれたものは、もはや取り消すわけにはいかない。前衛芸術家のエパタージュ（奇行や突飛な発言などで保守的な読者をびっくりさせること）というものを、認めるどころか、そんなものの存在さえ曖昧にしか知らぬ読者が大勢いる点では、フランスでもロシアでも日本でも事情は似ていないだろうか。

さて、『ぼく！』と『悲劇ヴラジーミル・マヤコフスキー』と『ズボンをはいた雲』の位置関係をはっきりさせておこう。

『ぼく！』は一九一三年六月、リトグラフ（石版印刷）により三〇〇部が世に出た。装丁者はマヤコフスキー自身。美術学校の二人の学友が装画を担当し、二人の片方は自分の部屋をこの出版行為の「本部」として提供したばかりか、必要経費三十ルーブリを詩人に貸したのだった。この「自費出版」というか「自己出版」は、この上なく簡素な処女詩集を生み出した。表紙には、中央に何やら動物らしきもののデッサンが描かれているけれども、あとは覚えたてのリトの技術を発揮した三人、すなわちマヤコフスキーとその友人二人の名前が記され、これ以上短くはならぬ題名がポッンと立っている。この詩集をモスクワ市内の書店に持ち込んだのは、もちろん詩人本人で、売れ行きをたいそう気にして、毎日のように書店に通っていたという。当時の有名詩人ブリューソフや、作家ゴーリキーが、好意的な書評を書いてくれたためか、幸い、三〇〇部は比較的早く売り切れとなった。

『悲劇ヴラジーミル・マヤコフスキー』が上演されたのは、その年（一三年）の十二月二日と四日の二回で、場所はペテルブルクのルナパルク劇場だった。演出は作者マヤコフスキー自身で、主役の「ヴラジーミル・マヤコフスキー」を演じたのも作者だった。美術を受け持ったのは画家のフィローノフだ。主役以外の俳優たちは、公募によって集めた素人ばかりだったという。
この芝居について、詩人パステルナークはこんなふうに言った。「……この悲劇の題名はヴラジーミル・マヤコフスキーだ。この題名は、詩人が作者ではなく詩の対象として、一人称で世界に呼びかけるという、天才的な単純さを発見したことを、背後に秘めていた。この題名は、作者の姓名ではなく、作品の内容を示していたのである」（『安全通行証』第三部四章）
ブリューソフらのみならず、ペテルブルクの文学者や文化人たちが競ってこの公演に姿を見せたという。これ以前のマヤコフスキーは、詩集『ぼく！』の四篇をも含めて、短い詩しか書いていなかった。当時の大詩人、アレクサンドル・ブロークも、青年詩人の初めての大作に期待していた一人だったのだろう。ほかには、ムゲブロフという演出家が観に来ていて、舞台の模様や観客の反応を細かく記録してくれたのが、後世のわれわれにはたいへん有り難い。(A・リペッリーノの『マヤコフスキーとロシヤ・アヴァンギャルド演劇』に詳しい紹介がある。この本は、マヤコフスキーの戯曲を読むひとには、間違いなく必読の文献である)。

舞台に登場した者たちのなかで、マヤコフスキーだけが普段の朗読会の場合とおなじ服装で(黒と黄色の縞のルバーシュカ、外套、シルクハット)、その他の異様な登場人物たちはすべて白い服に身を包み(片目片足の男、片耳のない男、乾いた黒猫どもを連れた齢数千歳の老人、マヤコフスキーの友人の身長四メートルから六メートルの女、等々)、自分の不具の特徴を記した盾のようなものを持っている。そしてぎくしゃくと動き回り、与えられた台詞を機械的に唱えるのに対して、主役のマヤコフスキー一人が生き生きとした柔軟な動きを見せ、よく響く美声で表情たっぷり、台詞を伝えるのだった。未来派の主張を全く認めなかった、ある批評家は、劇評の中でこんなふうに言う。「……マヤコフスキー氏は実に素晴らしい声、表情豊かな顔、演劇的な外貌をお持ちである。愚行ときれいさっぱり縁を切って俳優になられるならば、氏は立派な二枚目役者になられることであろう……」

いいや、「愚行」と呼ばれた未来派のエパタージュが、マヤコフスキーの場合、先輩詩人のブロークやブリューソフらの「シンボリズム（象徴派）」の作品群、殊にブロークやアンドレーエフの戯曲と繋がっていることを、見逃しさえしなければ、「二枚目」などという救いの手をさしのべる必要はなかっただろう。「悲劇全体が置換と変身のめまぐるしい連続である」と、A・リペッリーノは喝破している。それはシンボリズムの比喩化したイメージ、あるいはイメージ化した比喩がぎっしり詰まった世界だった。エヴレイノフの「モノドラマ」や、ドイツ表現派のココシュカの一幕劇、更にはフランスのダダイストやシュルレアリストの狂言ふうの舞台作品にまで、この作品の流れは繋がっている。プロローグとエピローグは、「マヤコフスキー」しか出てこない、文字どおりのモノドラマだが、第一幕は二重の反乱——人が人に対して反乱し、同時に物が人に対して反乱する——によって不吉な騒がしい「置換と変身」だらけの世界を再現してみせる。そして第二幕は、すべての反乱が失敗に終ったあとの茫然とした世界を、極北への主人公の旅立ちによってみごとに描き出す。

この戯曲が出版されたのは、上演の翌年、一九一四年の三月のことで、部数は五〇〇部。刊行の主体は「ロシア未来派雑誌第一号」となっていたが、この「未来派雑誌」なるものは、一、二合併号としてマヤコフスキーの短い詩四篇その他、未来派の詩人たちの作品を世に出したのみで、あとは、とんとお目にかかれない。刊行者の住所からすれば、これは例のダヴィド・ブルリュックが勝手に用いた名称らしく、それかあらぬか、出版された戯曲にはブルリュックの絵がたくさん入っているし、活字の大きさと書体が入り乱れて、まるで絵のように見えるところなど、いかにも、いかにも、という感じだ。（日本では一九二五年に萩原恭次郎の『死刑宣告』という詩集で、似たようなことが行われたが、恭次郎のモーレツな暗さと比べれば、ブルリュックは明るく、ユーモラスで、のんびりとしているように見える。これは単なる個性の相違ということなのだろうか)。

そしてマヤコフスキー自身が「第二の悲劇」と呼んだ『ズボンをはいた雲』は、戯曲出版の翌年、一九一五年の九月、知り合ったばかりのオシップ・ブリークの私家版として、一〇五〇部が世に出る。

それにしても「ぼくの妻について一言」――詩集『ぼく！』のなかの、この表題が気になっている読者がいるのではないだろうか。「妻」というからには、一九一三年当時、マヤコフスキーは結婚していたのか。いや、一一年の初恋の相手、エヴゲーニヤ・ラングを皮切りとして、一二年から一五年まではこの詩人の「恋の季節」というべきか、五人の女性が満十九歳から満二十二歳のマヤコフスキーの前に現れた。ヴェーラ・シェフチェリ、アントニーナ・グミリーナ、ソフィア・シャマルディーナ、マリヤ・デニーソワ、エルザ・カガン。そしてこのエルザの姉が、のちのちまで詩人につきまとう、あのリーリャ・ブリークである。ここに列挙した女たちのだれとも、マヤコフスキーは結婚していない。詳細は、拙著『マヤコフスキー事件』の巻末の「年譜ふうの略伝」をご覧いただきたい。

戯曲のエピローグで、主人公ヴラジーミル・マヤコフスキーは、自分はオランダのおんどりか、でなければプスコフの王様ではないのかと思うことがある、と言う。＊オランダのおんどりとは「すぐかっとなるやつ」の意で、おんどりの代りに「フーイ」(男性性器)と言えば、いっそうの悪態の世界に入り込むことになろう。＊プスコフとは、ノヴゴロドなどと並んで、ロシアでもっとも古い都市のひとつであり、キプチャク汗国がロシアのほとんど全土を支配したいわゆる「タタールの軛《くびき》」の時代にも、この公国は経済的繁栄をつづけ、タタールのみか、リトアニア、ポーランドなどが、隙あらばと、この共和都市を狙っていたなかで、兵力に頼らず、巧みな外交交渉を押し進めて生き延びた。もちろん音なしの構えだけでは、弱肉強食の時代に潰されずにすむわけでなし、存亡の危機に瀕することがあれば、例えば兵力をイワン雷帝に提供して、タタール後のロシア統一に手を貸し、その代償のように自治権を獲得する。プスコフの支配者はこのように英明な君主といったイメージが強く、イワン雷帝の残虐さとは異なって、民を愛する大公として人望を集めていたようだ。＊第一幕で、片耳のない男の台詞に「マチッシュ踊り」というのが出てくる。これは注釈書によれば、「軽演劇に出てくる踊り」だそうで、『ズボンをはいた雲』のキカプ踊りとはだいぶ違うらしい。

二〇一四年五月

訳　者

著者略歴

Влади́мир Влади́мирович Маяко́вский

ヴラジーミル・マヤコフスキー

ロシア未来派の詩人。1893年、グルジアのバグダジ村に生まれる。1906年、父親が急死し、母親・姉2人とモスクワへ引っ越す。非合法のロシア社会民主労働党（RSDRP）に入党し逮捕3回、のべ11か月間の獄中で詩作を始める。10年釈放、モスクワの美術学校に入学。12年、上級生ダヴィド・ブルリュックらと未来派アンソロジー『社会の趣味を殴る』のマニフェストに参加。13年、戯曲『悲劇ヴラジーミル・マヤコフスキー』を自身の演出・主演で上演。14年、第一次世界大戦が勃発し、義勇兵に志願するも、結局ペトログラード陸軍自動車学校に徴用。戦中に長篇詩『ズボンをはいた雲』『背骨のフルート』を完成させる。17年の十月革命を熱狂的に支持し、内戦の戦況を伝えるプラカードを多数制作する。24年、レーニン死去をうけ、長篇哀歌『ヴラジーミル・イリイチ・レーニン』を捧ぐ。25年、世界一周の旅に出るも、パリのホテルで旅費を失い、北米を旅し帰国。スターリン政権に失望を深め、『南京虫』『風呂』で全体主義体制を風刺する。30年4月14日、モスクワ市内の仕事部屋で謎の死を遂げる。翌日プラウダ紙が「これでいわゆる《一巻の終り》／愛のボートは粉々だ、くらしと正面衝突して」との「遺書」を掲載した。

訳者略歴

小笠原 豊樹〈おがさわら・とよき〉ロシア文学研究家、翻訳家。1932年、北海道虻田郡東倶知安村ワッカタサップ番外地（現・京極町）に生まれる。51年、東京外国語大学ロシア語学科在学中にマヤコフスキーの作品と出会い、翌52年『マヤコフスキー詩集』を上梓。56年に岩田宏の筆名で第一詩集『独裁』を発表。66年『岩田宏詩集』で歴程賞受賞。71年に『マヤコフスキーの愛』出版。75年、短篇集『最前線』を発表。露・英・仏の3か国語を操り、『ジャック・プレヴェール詩集』、ナボコフ『四重奏・目』、エレンブルグ『トラストDE』、チェーホフ『かわいい女・犬を連れた奥さん』、ザミャーチン『われら』、マルコム・カウリー『八十路から眺めれば』、スコリャーチン『きみの出番だ、同志モーゼル』など翻訳多数。2013年出版の『マヤコフスキー事件』で読売文学賞受賞。現在、マヤコフスキーの長篇詩・戯曲の新訳を進めている。

マヤコフスキー叢書
悲劇ヴラジーミル・マヤコフスキー
ひげき うらじーみる まやこふすきー

ヴラジーミル・マヤコフスキー 著

小笠原豊樹 訳
平田俊子 序文

挿　絵
ダヴィド・ブルリュック
ヴラジーミル・ブルリュック

2014年 7月10日　初版第1刷印刷
2014年 7月30日　初版第1刷発行

発行者 豊田剛
発行所 合同会社土曜社
150-0033
東京都渋谷区猿楽町11-20-305
www.doyosha.com

印刷　株式会社精興社
製本　加藤製本株式会社

Vladimir Mayakovsky: A Tragedy
by
Vladimir Mayakovsky

This edition published in Japan
by DOYOSHA in 2014

11-20-305, Sarugaku, Shibuya,
Tokyo 150-0033, JAPAN

ISBN978-4-907511-02-9　C0098
落丁・乱丁本は交換いたします

土曜社の本

*

大杉栄ペーパーバック・大杉豊解説・各952円（税別）

日本脱出記

1922年、ベルリン国際無政府主義大会の招待状。アインシュタイン博士来日の狂騒のなか、秘密裏に脱出する。有島武郎が金を出す。東京日日、改造社が特ダネを抜く。中国共産党創始者、大韓民国臨時政府の要人たちと上海で会う。得意の語学でパリ歓楽通りに遊ぶ。獄中の白ワインの味。「甘粕事件」まで数カ月。大杉栄38歳、国際連帯への冒険！

自叙伝

「陛下に弓をひいた謀叛人」西郷南洲に肩入れしながら、未来の陸軍元帥を志す一人の腕白少年が、日清・日露の戦役にはさまれた「坂の上の雲」の時代を舞台に、自由を思い、権威に逆らい、生を拡充してゆく。日本自伝文学の三指に数えられる、ビルドゥングスロマンの色濃い青春勉強の記。

獄中記

東京外語大を出て8カ月で入獄するや、看守の目をかすめて、エスペラント語にのめりこむ。英・仏・エス語から独・伊・露・西語へ進み、「一犯一語」とうそぶく。生物学と人類学の大体に通じて、一個の大杉社会学を志す。21歳の初陣から大逆事件の26歳まで、頭の最初からの改造を企てる人間製作の手記。

新編 大杉栄追想

1923年9月、関東大震災直後、戒厳令下の帝都東京。「主義者暴動」の流言が飛び、実行される陸軍の白色テロ。真相究明を求める大川周明ら左右両翼の思想家たち。社屋を失い、山本実彦社長宅に移した「改造」臨時編集部に大正一級の言論人、仇討ちを胸に秘める同志らが寄せる、享年38歳の革命児・大杉栄への胸を打つ鎮魂の書。

*

傑作生活叢書『坂口恭平のぼうけん』全7巻（刊行中）

坂口恭平弾き語りアルバム『*Practice for a Revolution*』（全11曲入り）

21世紀の都市ガイド　アルタ・タバカ編『リガ案内』

ミーム『3着の日記　*meme*が旅した*RIGA*』

安倍晋三ほか『世界論』、黒田東彦ほか『世界は考える』

ブレマーほか『新アジア地政学』、ソロスほか『混乱の本質』

サム・ハスキンス『*Cowboy Kate & Other Stories*』（近刊）

A・ボーデイン『キッチン・コンフィデンシャル』（近刊）

F・ベトガー『フランクリン成功術（仮）』（近刊）

マヤコフスキー叢書

＊

小笠原豊樹新訳・予価 952 円〜 1200 円（税別）・全 15 巻

ズボンをはいた雲

悲劇ヴラジーミル・マヤコフスキー

背骨のフルート

戦争と世界

人　間

ミステリヤ・ブッフ

一五〇〇〇〇〇〇〇

ぼくは愛する

第五インターナショナル

これについて

ヴラジーミル・イリイチ・レーニン

とてもいい！

南京虫

風　呂

声を限りに